MÁS DE LO MISMO

MÁS DE LO MISMO

Some Author

MMXVI
Armchair Adventure
Bodegraven, The Netherlands

Más de lo mismo / Some Author. - Bodegraven : Armchair Adventure, 2016. -
116 p. ; 23 cm. - (Armchair Adventure Publication ; 5).
ISBN 978-90-825194-4-0
Título original: More of the Same.

De venta en lulu.com.
También disponible en Inglés, holandés, alemán y francés.

Índice

Capítulo I

Más de lo mismo. Más de

lo mismo. Más de lo mismo.

Más de lo mismo. Más de lo mis-

mo. Más de lo mismo. Más de lo mismo. Más de lo mismo. Más de lo mismo.
Más de lo mismo. Más de lo mismo. Más de lo mismo. Más de lo mismo. Más
de lo mismo. Más de lo mismo. Más de lo mismo. Más de lo mismo. Más de
lo mismo. Más de lo mismo. Más de lo mismo. Más de lo mismo. Más de lo
mismo. Más de lo mismo. Más de lo mismo. Más de lo mismo. Más de lo mis-
mo. Más de lo mismo. Más de lo mismo. Más de lo mismo. Más de lo mismo.
Más de lo mismo. Más de lo mismo. Más de lo mismo. Más de lo mismo. Más
de lo mismo. Más de lo mismo. Más de lo mismo. Más de lo mismo. Más de
lo mismo. Más de lo mismo. Más de lo mismo. Más de lo mismo. Más de lo
mismo. Más de lo mismo.
Más de lo mismo. Más de lo mismo. Más de lo mismo. Más de lo mismo. Más
de lo mismo. Más de lo mismo. Más de lo mismo. Más de lo mismo. Más de
lo mismo. Más de lo mismo. Más de lo mismo. Más de lo mismo. Más de lo
mismo. Más de lo mismo. Más de lo mismo. Más de lo mismo. Más de lo mis-
mo. Más de lo mismo. Más de lo mismo. Más de lo mismo. Más de lo mismo.
Más de lo mismo. Más de lo mismo. Más de lo mismo. Más de lo mismo. Más
de lo mismo. Más de lo mismo. Más de lo mismo. Más de lo mismo. Más de
lo mismo. Más de lo mismo. Más de lo mismo. Más de lo mismo. Más de lo
mismo. Más de lo mismo. Más de lo mismo. Más de lo mismo. Más de lo mis-
mo. Más de lo mismo. Más de lo mismo. Más de lo mismo. Más de lo mismo.
Más de lo mismo. Más de lo mismo. Más de lo mismo. Más de lo mismo. Más
de lo mismo. Más de lo mismo. Más de lo mismo. Más de lo mismo. Más de
lo mismo. Más de lo mismo. Más de lo mismo.
Más de lo mismo. Más de lo mismo. Más de lo mismo. Más de lo mismo. Más
de lo mismo. Más de lo mismo. Más de lo mismo. Más de lo mismo. Más de
lo mismo. Más de lo mismo. Más de lo mismo. Más de lo mismo. Más de lo
mismo. Más de lo mismo. Más de lo mismo. Más de lo mismo. Más de lo mis-
mo. Más de lo mismo. Más de lo mismo. Más de lo mismo. Más de lo mismo.
Más de lo mismo. Más de lo mismo. Más de lo mismo. Más de lo mismo. Más
de lo mismo. Más de lo mismo. Más de lo mismo. Más de lo mismo. Más de
lo mismo. Más de lo mismo. Más de lo mismo. Más de lo mismo. Más de lo
mismo. Más de lo mismo. Más de lo mismo. Más de lo mismo. Más de lo mis-
mo. Más de lo mismo. Más de lo mismo. Más de lo mismo. Más de lo mismo.
Más de lo mismo. Más de lo mismo. Más de lo mismo. Más de lo mismo. Más
de lo mismo. Más de lo mismo. Más de lo mismo. Más de lo mismo. Más de
lo mismo. Más de lo mismo. Más de lo mismo. Más de lo mismo.
Más de lo mismo. Más de lo mismo. Más de lo mismo. Más de lo mismo. Más
de lo mismo. Más de lo mismo. Más de lo mismo. Más de lo mismo. Más de
lo mismo. Más de lo mismo. Más de lo mismo. Más de lo mismo. Más de lo

mismo. Más de lo mismo.

Más de lo mismo. Más de lo mismo.

Más de lo mismo. Más

de lo mismo. Más de lo mismo.

Más de lo mismo. Más de lo mismo.

Más de lo mismo. Más de lo mismo.

Más de lo mismo. Más de lo mis-

mo. Más de lo mismo.

Más de lo mismo. Más de lo mismo.

Más de lo mismo. Más de lo mismo.

Más de lo mismo. Más de lo mismo. Más de lo mismo. Más de lo mismo. Más
de lo mismo. Más de lo mismo. Más de lo mismo. Más de lo mismo. Más de
lo mismo. Más de lo mismo. Más de lo mismo. Más de lo mismo. Más de lo
mismo. Más de lo mismo. Más de lo mismo. Más de lo mismo. Más de lo mis-
mo. Más de lo mismo. Más de lo mismo. Más de lo mismo. Más de lo mismo.
Más de lo mismo. Más de lo mismo. Más de lo mismo. Más de lo mismo. Más
de lo mismo. Más de lo mismo. Más de lo mismo. Más de lo mismo. Más de
lo mismo. Más de lo mismo. Más de lo mismo. Más de lo mismo. Más de lo
mismo. Más de lo mismo. Más de lo mismo. Más de lo mismo. Más de lo mis-
mo. Más de lo mismo. Más de lo mismo. Más de lo mismo. Más de lo mismo.
Más de lo mismo. Más de lo mismo. Más de lo mismo. Más de lo mismo. Más
de lo mismo. Más de lo mismo. Más de lo mismo. Más de lo mismo. Más de
lo mismo. Más de lo mismo. Más de lo mismo. Más de lo mismo. Más de lo
mismo. Más de lo mismo. Más de lo mismo. Más de lo mismo. Más de lo mis-
mo. Más de lo mismo. Más de lo mismo. Más de lo mismo. Más de lo mismo.
Más de lo mismo. Más de lo mismo. Más de lo mismo. Más de lo mismo. Más
de lo mismo. Más de lo mismo. Más de lo mismo. Más de lo mismo. Más de
lo mismo. Más de lo mismo. Más de lo mismo. Más de lo mismo. Más de lo
mismo. Más de lo mismo. Más de lo mismo. Más de lo mismo. Más de lo
mismo. Más de lo mismo. Más de lo mismo.
Más de lo mismo. Más de lo mismo. Más de lo mismo. Más de lo mismo. Más
de lo mismo. Más de lo mismo. Más de lo mismo. Más de lo mismo. Más de
lo mismo. Más de lo mismo. Más de lo mismo. Más de lo mismo.
Más de lo mismo. Más de lo mismo. Más de lo mismo. Más de lo mismo. Más
de lo mismo. Más de lo mismo. Más de lo mismo. Más de lo mismo. Más de
lo mismo. Más de lo mismo. Más de lo mismo. Más de lo mismo. Más de lo
mismo. Más de lo mismo. Más de lo mismo. Más de lo mismo. Más de lo mis-
mo. Más de lo mismo. Más de lo mismo. Más de lo mismo. Más de lo mismo.
Más de lo mismo. Más de lo mismo. Más de lo mismo. Más de lo mismo. Más
de lo mismo. Más de lo mismo. Más de lo mismo. Más de lo mismo. Más de
lo mismo. Más de lo mismo. Más de lo mismo.
Más de lo mismo. Más de lo mismo. Más de lo mismo. Más de lo mismo. Más
de lo mismo. Más de lo mismo. Más de lo mismo. Más de lo mismo. Más de
lo mismo. Más de lo mismo. Más de lo mismo. Más de lo mismo. Más de lo
mismo. Más de lo mismo. Más de lo mismo. Más de lo mismo. Más de lo mis-
mo. Más de lo mismo. Más de lo mismo. Más de lo mismo. Más de lo mismo.
Más de lo mismo. Más de lo mismo. Más de lo mismo. Más de lo mismo. Más
de lo mismo. Más de lo mismo. Más de lo mismo. Más de lo mismo. Más de
lo mismo. Más de lo mismo. Más de lo mismo. Más de lo mismo. Más de lo

mismo. Más de lo mismo.

Más de lo mismo. Más de lo mismo.

Más de lo mismo. Más de lo mismo.

Más de lo mismo. Más de lo mismo. Más de lo mismo. Más de lo mismo. Más de lo mismo. Más de lo mismo. Más de lo mismo. Más de lo mismo.

Más de lo mismo. Más de lo mismo.

Más de lo mismo. Más de lo mismo.

Más de lo mismo. Más de lo mismo.

Más de lo mismo. Más de lo mismo.

Más de lo mismo. Más de lo mismo. Más de lo mismo. Más de lo mismo. Más de lo mismo. Más de lo mismo. Más de lo mismo. Más de lo mismo. Más de lo mismo. Más de lo mismo. Más de lo mismo. Más de lo mismo. Más de lo mismo. Más de lo mismo. Más de lo mismo. Más de lo mismo. Más de lo mismo. Más de lo mis-

mo. Más de lo mismo. Más de lo mismo. Más de lo mismo. Más de lo mismo.
Más de lo mismo. Más de lo mismo. Más de lo mismo. Más de lo mismo. Más
de lo mismo. Más de lo mismo. Más de lo mismo. Más de lo mismo. Más de
lo mismo. Más de lo mismo. Más de lo mismo. Más de lo mismo. Más de lo
mismo. Más de lo mismo. Más de lo mismo. Más de lo mismo. Más de lo mis-
mo. Más de lo mismo. Más de lo mismo. Más de lo mismo. Más de lo mismo.
Más de lo mismo. Más de lo mismo. Más de lo mismo. Más de lo mismo. Más
de lo mismo. Más de lo mismo. Más de lo mismo. Más de lo mismo. Más de
lo mismo. Más de lo mismo. Más de lo mismo. Más de lo mismo. Más de lo
mismo. Más de lo mismo. Más de lo mismo. Más de lo mismo. Más de lo mis-
mo. Más de lo mismo. Más de lo mismo. Más de lo mismo. Más de lo mismo.
Más de lo mismo. Más de lo mismo. Más de lo mismo. Más de lo mismo. Más
de lo mismo. Más de lo mismo. Más de lo mismo. Más de lo mismo. Más de
lo mismo. Más de lo mismo. Más de lo mismo. Más de lo mismo. Más de lo
mismo. Más de lo mismo. Más de lo mismo. Más de lo mismo. Más de lo mis-
mo. Más de lo mismo. Más de lo mismo. Más de lo mismo. Más de lo mismo.
Más de lo mismo. Más de lo mismo. Más de lo mismo. Más de lo mismo. Más
de lo mismo. Más de lo mismo. Más de lo mismo. Más de lo mismo. Más de
lo mismo. Más de lo mismo. Más de lo mismo.
Más de lo mismo. Más de lo mismo. Más de lo mismo. Más de lo mismo. Más
de lo mismo. Más de lo mismo. Más de lo mismo. Más de lo mismo. Más de
lo mismo. Más de lo mismo. Más de lo mismo. Más de lo mismo. Más de lo
mismo. Más de lo mismo. Más de lo mismo. Más de lo mismo. Más de lo mis-
mo. Más de lo mismo. Más de lo mismo. Más de lo mismo. Más de lo mismo.
Más de lo mismo. Más de lo mismo. Más de lo mismo. Más de lo mismo. Más
de lo mismo. Más de lo mismo. Más de lo mismo. Más de lo mismo. Más de
lo mismo. Más de lo mismo. Más de lo mismo. Más de lo mismo. Más de lo
mismo. Más de lo mismo. Más de lo mismo. Más de lo mismo. Más de lo mis-
mo. Más de lo mismo. Más de lo mismo. Más de lo mismo. Más de lo mismo.
Más de lo mismo.
Más de lo mismo. Más de lo mismo. Más de lo mismo. Más de lo mismo. Más
de lo mismo. Más de lo mismo. Más de lo mismo. Más de lo mismo. Más de
lo mismo. Más de lo mismo. Más de lo mismo. Más de lo mismo. Más de lo
mismo. Más de lo mismo. Más de lo mismo. Más de lo mismo. Más de lo mis-
mo. Más de lo mismo. Más de lo mismo. Más de lo mismo. Más de lo mismo.
Más de lo mismo. Más de lo mismo. Más de lo mismo. Más de lo mismo. Más
de lo mismo. Más de lo mismo. Más de lo mismo. Más de lo mismo. Más de
lo mismo. Más de lo mismo. Más de lo mismo. Más de lo mismo. Más de lo
mismo. Más de lo mismo. Más de lo mismo. Más de lo mismo. Más de lo mismo.

Más de lo mismo. Más de lo mismo.

Más de lo mismo. Más de lo mismo.

Más de lo mismo. Más de lo mismo. Más de lo mismo. Más de lo mismo. Más de lo mismo. Más de lo mismo. Más de lo mismo. Más de lo mismo. Más de

lo mismo. Más de lo mismo. Más de lo mismo. Más de lo mismo. Más de lo
mismo. Más de lo mismo. Más de lo mismo. Más de lo mismo. Más de lo mis-
mo. Más de lo mismo. Más de lo mismo. Más de lo mismo. Más de lo mismo.
Más de lo mismo. Más de lo mismo. Más de lo mismo. Más de lo mismo. Más
de lo mismo. Más de lo mismo. Más de lo mismo. Más de lo mismo. Más de
lo mismo. Más de lo mismo. Más de lo mismo. Más de lo mismo. Más de lo
mismo. Más de lo mismo. Más de lo mismo. Más de lo mismo. Más de lo mis-
mo. Más de lo mismo. Más de lo mismo. Más de lo mismo. Más de lo mismo.
Más de lo mismo. Más de lo mismo. Más de lo mismo. Más de lo mismo. Más
de lo mismo.
Más de lo mismo. Más de lo mismo. Más de lo mismo. Más de lo mismo. Más
de lo mismo. Más de lo mismo. Más de lo mismo. Más de lo mismo. Más de
lo mismo. Más de lo mismo. Más de lo mismo. Más de lo mismo. Más de lo
mismo. Más de lo mismo. Más de lo mismo. Más de lo mismo. Más de lo
mismo. Más de lo mismo. Más de lo mismo. Más de lo mismo.
Más de lo mismo. Más de lo mismo. Más de lo mismo. Más de lo mismo. Más
de lo mismo. Más de lo mismo. Más de lo mismo. Más de lo mismo. Más de lo
mismo. Más de lo mismo. Más de lo mismo. Más de lo mismo. Más de lo mismo.
Más de lo mismo. Más de lo mismo. Más de lo mismo. Más de lo mismo. Más
de lo mismo. Más de lo mismo. Más de lo mismo. Más de lo mismo. Más de
lo mismo. Más de lo mismo. Más de lo mismo. Más de lo mismo. Más de lo
mismo. Más de lo mismo. Más de lo mismo. Más de lo mismo. Más de lo mis-
mo. Más de lo mismo. Más de lo mismo. Más de lo mismo. Más de lo mismo.
Más de lo mismo. Más de lo mismo. Más de lo mismo. Más de lo mismo. Más
de lo mismo. Más de lo mismo. Más de lo mismo. Más de lo mismo. Más de
lo mismo. Más de lo mismo. Más de lo mismo. Más de lo mismo. Más de lo
mismo. Más de lo mismo. Más de lo mismo. Más de lo mismo. Más de lo mis-
mo. Más de lo mismo. Más de lo mismo. Más de lo mismo. Más de lo mismo.
Más de lo mismo.
Más de lo mismo. Más de lo mismo. Más de lo mismo. Más de lo mismo. Más
de lo mismo. Más de lo mismo. Más de lo mismo. Más de lo mismo. Más de
lo mismo. Más de lo mismo. Más de lo mismo. Más de lo mismo. Más de lo
mismo. Más de lo mismo. Más de lo mismo. Más de lo mismo. Más de lo mis-
mo. Más de lo mismo. Más de lo mismo. Más de lo mismo. Más de lo mismo.
Más de lo mismo. Más de lo mismo. Más de lo mismo. Más de lo mismo. Más
de lo mismo. Más de lo mismo. Más de lo mismo. Más de lo mismo. Más de
lo mismo. Más de lo mismo. Más de lo mismo. Más de lo mismo. Más de lo
mismo. Más de lo mismo. Más de lo mismo. Más de lo mismo. Más de lo mis-
mo. Más de lo mismo. Más de lo mismo. Más de lo mismo. Más de lo mismo.

Más de lo mismo. Más de lo mismo.

Más de lo mismo. Más de lo mismo.

Más de lo mismo. Más de lo mismo.

Más de lo mismo. Más de lo mismo.

Más de lo mismo. Más de lo mismo.

Más de lo mismo. Más de

lo mismo. Más de lo mismo.

Más de lo mismo. Más

de lo mismo. Más de lo mismo. Más de lo mismo. Más de lo mismo. Más de lo mismo. Más de lo mismo. Más de lo mismo.

Más de lo mismo. Más de lo mismo.

Más de lo mismo. Más de lo mismo.

Más de lo mismo. Más de lo mismo.

Más de lo mismo. Más de lo mismo.

Más de lo mismo. Más de lo mismo. Más de lo mismo. Más de lo mismo. Más de lo mismo. Más de lo mismo. Más de lo mismo. Más de lo mismo. Más de lo mismo. Más de lo mismo. Más de lo mismo. Más de lo mismo. Más de lo

mismo. Más de lo mismo.

Más de lo mismo. Más de lo mismo.

Más de lo mismo. Más de lo mismo.

Más de lo mismo. Más de lo

mismo. Más de lo mismo.

Más de lo mismo. Más de lo mismo.

Más de lo mismo. Más de lo mismo.

Capítulo II

Más de lo mismo. Más de lo mismo.

Más de lo mismo. Más

de lo mismo. Más de lo mismo. Más de lo mismo. Más de lo mismo. Más de lo mismo. Más de lo mismo. Más de lo mismo. Más de lo mismo. Más de lo mismo. Más de lo mismo. Más de lo mismo. Más de lo mismo. Más de lo mismo. Más de lo mismo. Más de lo mismo. Más de lo mis-mo. Más de lo mis-mo. Más de lo mismo. Más de lo mismo. Más de lo mismo. Más de lo mismo. Más de lo mismo. Más de lo mismo. Más de lo mismo. Más de lo mismo. Más de lo mismo. Más de lo mismo. Más de lo mismo. Más de lo mismo. Más de lo mismo. Más de lo mismo. Más de lo mismo. Más de lo mismo. Más de lo mismo. Más de lo mis-mo. Más de lo mismo. Más de lo mismo. Más de lo mismo. Más de lo mismo. Más de lo mismo. Más de lo mismo. Más de lo mismo. Más de lo mismo. Más de lo mismo. Más de lo mismo.

Más de lo mismo. Más de lo mismo. Más de lo mismo. Más de lo mismo. Más de lo mismo. Más de lo mismo. Más de lo mismo. Más de lo mismo. Más de lo mismo. Más de lo mismo. Más de lo mismo. Más de lo mismo. Más de lo mismo. Más de lo mismo. Más de lo mismo. Más de lo mis-mo. Más de lo mismo. Más de lo mismo. Más de lo mismo. Más de lo mismo. Más de lo mismo. Más de lo mismo. Más de lo mismo. Más de lo mismo. Más de lo mismo. Más de lo mismo. Más de lo mismo. Más de lo mismo. Más de lo mismo. Más de lo mismo. Más de lo mismo. Más de lo mismo. Más de lo mismo. Más de lo mis-mo. Más de lo mismo. Más de lo mismo. Más de lo mismo. Más de lo mismo. Más de lo mismo. Más de lo mismo. Más de lo mismo. Más de lo mismo. Más de lo mismo. Más de lo mismo. Más de lo mismo. Más de lo mismo. Más de lo mismo. Más de lo mismo. Más de lo mismo. Más de lo mismo. Más de lo mismo. Más de lo mis-mo. Más de lo mismo. Más de lo

mismo. Más de lo mismo.

Más de lo mismo. Más de lo mismo.

Más de lo mismo. Más de lo mismo.

Más de lo mismo. Más de lo mismo. Más de lo mismo. Más de lo mismo. Más de lo mismo. Más de lo mismo. Más de lo mismo. Más de lo mismo. Más de lo mismo. Más de lo mismo. Más de lo mismo. Más de lo mismo. Más de lo

mismo. Más de lo mismo.

Más de lo mismo. Más de lo mismo.

Más de lo mismo. Más de lo mismo. Más de lo mismo. Más de lo mismo. Más de lo mismo. Más de lo mismo. Más de lo mismo. Más de lo mismo. Más de lo mismo. Más de lo mismo. Más de lo mismo. Más de lo mismo. Más de lo mismo. Más de lo mismo. Más de lo mismo. Más de lo mismo. Más de lo mismo. Más de lo mismo. Más de lo mismo. Más de lo mismo.

Más de lo mismo. Más de lo mismo. Más de lo mismo. Más de lo mismo. Más de lo mismo. Más de lo mismo. Más de lo mismo. Más de lo mismo. Más de lo mismo. Más de lo mismo. Más de lo mismo. Más de lo mismo. Más de lo mismo. Más de lo mismo. Más de lo mismo.

Más de lo mismo. Más de lo mismo.

Más de lo mismo. Más de lo mismo.

Más de lo mismo. Más de lo mismo.

Más de lo mismo. Más de lo mismo.

Más de lo mismo. Más de lo mismo. Más de lo mismo. Más de lo mismo. Más de lo mismo. Más de lo mismo. Más de lo mismo. Más de lo mismo. Más de lo mismo. Más de lo mismo. Más de lo mismo. Más de lo mismo.

Más de lo mismo. Más de lo mismo. Más de lo mismo. Más de lo mismo. Más de lo mismo. Más de lo mismo. Más de lo mismo. Más de lo mismo. Más de lo mismo. Más de lo mismo. Más de lo mismo. Más de lo mismo. Más de lo

mismo. Más de lo mismo.

Más de lo mismo. Más de lo mismo.

Más de lo mismo. Más de lo mismo.

Más de lo mismo. Más de lo mismo. Más de lo mismo. Más de lo mismo. Más de lo mismo. Más de lo mismo. Más de lo mismo. Más de lo mismo. Más de lo mismo. Más de lo mismo. Más de lo mismo. Más de lo mismo.

Más de lo mismo. Más de lo mismo.

Más de lo mismo. Más de lo mismo.

Más de lo mismo. Más de lo mismo.

Más de lo mismo. Más de lo mismo. Más de lo mismo. Más de lo mismo. Más de lo mismo. Más de lo mismo. Más de lo mismo. Más de lo mismo. Más de lo mismo. Más de lo mismo. Más de lo mismo. Más de lo mismo. Más de lo mismo. Más de lo mismo. Más de lo mismo. Más de lo mismo. Más de lo mismo. Más de lo mismo. Más de lo mismo. Más de lo mismo.

Más de lo mismo. Más de lo mismo. Más de lo mismo. Más de lo mismo. Más de lo mismo. Más de lo mismo. Más de lo mismo. Más de lo mismo. Más de lo mismo. Más de lo mismo. Más de lo mismo.

Más de lo mismo. Más de lo mismo.

Más de lo mismo. Más de lo mismo.

Más de lo mismo. Más de lo mismo.

Más de lo mismo. Más de lo mismo. Más de lo mismo. Más de lo mismo. Más de lo mismo. Más de lo mismo. Más de lo mismo. Más de lo mismo. Más de lo mismo. Más de lo mismo. Más de lo mismo. Más de lo mismo. Más de lo mismo. Más de lo mismo. Más de lo mismo. Más de lo mismo. Más de lo mismo. Más de lo mismo. Más de lo mismo.

Más de lo mismo. Más de lo mis-

mo. Más de lo mismo.

Más de lo mismo. Más de lo mismo.

Más de lo mismo. Más de lo mismo.

Más de lo mismo. Más de lo mismo.

Más de lo mismo. Más de lo mismo.

Más de lo mismo. Más de lo mismo.

Más de lo mismo. Más de lo mismo. Más de lo mismo. Más de lo mismo. Más de lo mismo. Más de lo mismo. Más de lo mismo. Más de lo mismo. Más de lo mismo. Más de lo mismo. Más de lo mismo. Más de lo mismo. Más de lo mismo. Más de lo mismo. Más de lo mismo. Más de lo mismo. Más de lo mismo. Más de lo mismo. Más de lo mismo.

Más de lo mismo. Más de lo mismo.

Más de lo mismo. Más de lo mismo. Más de lo mismo. Más de lo mismo. Más de lo mismo. Más de lo mismo. Más de lo mismo. Más de lo mismo. Más de lo mismo. Más de lo mismo. Más de lo mismo. Más de lo mismo. Más de lo mismo. Más de lo mismo. Más de lo mismo. Más de lo mis-

mo. Más de lo mismo.

Más de lo mismo. Más de lo mismo.

Más de lo mismo. Más

de lo mismo. Más de lo mismo. Más de lo mismo. Más de lo mismo. Más de
lo mismo. Más de lo mismo. Más de lo mismo. Más de lo mismo.
Más de lo mismo. Más de lo mismo. Más de lo mismo. Más de lo mismo. Más
de lo mismo. Más de lo mismo. Más de lo mismo. Más de lo mismo. Más de
lo mismo. Más de lo mismo. Más de lo mismo. Más de lo mismo. Más de lo
mismo. Más de lo mismo. Más de lo mismo. Más de lo mismo. Más de lo mis-
mo. Más de lo mismo. Más de lo mismo. Más de lo mismo. Más de lo mismo.
Más de lo mismo. Más de lo mismo. Más de lo mismo. Más de lo mismo. Más
de lo mismo. Más de lo mismo. Más de lo mismo. Más de lo mismo. Más de
lo mismo. Más de lo mismo. Más de lo mismo. Más de lo mismo. Más de lo
mismo. Más de lo mismo. Más de lo mismo. Más de lo mismo. Más de lo mis-
mo. Más de lo mismo. Más de lo mismo. Más de lo mismo. Más de lo mismo.
Más de lo mismo. Más de lo mismo. Más de lo mismo. Más de lo mismo. Más
de lo mismo. Más de lo mismo. Más de lo mismo. Más de lo mismo. Más de
lo mismo. Más de lo mismo. Más de lo mismo. Más de lo mismo. Más de lo
mismo. Más de lo mismo. Más de lo mismo. Más de lo mismo. Más de lo mis-
mo. Más de lo mismo. Más de lo mismo. Más de lo mismo. Más de lo mismo.
Más de lo mismo. Más de lo mismo. Más de lo mismo. Más de lo mismo. Más
de lo mismo. Más de lo mismo. Más de lo mismo. Más de lo mismo. Más de
lo mismo. Más de lo mismo. Más de lo mismo. Más de lo mismo. Más de lo
mismo. Más de lo mismo. Más de lo mismo. Más de lo mismo. Más de lo mis-
mo. Más de lo mismo. Más de lo mismo. Más de lo mismo. Más de lo mismo.
Más de lo mismo. Más de lo mismo. Más de lo mismo. Más de lo mismo. Más
de lo mismo. Más de lo mismo. Más de lo mismo. Más de lo mismo. Más de
lo mismo. Más de lo mismo. Más de lo mismo. Más de lo mismo. Más de lo
mismo. Más de lo mismo. Más de lo mismo. Más de lo mismo.
Más de lo mismo. Más de lo mismo. Más de lo mismo. Más de lo mismo. Más
de lo mismo. Más de lo mismo. Más de lo mismo. Más de lo mismo. Más de
lo mismo. Más de lo mismo. Más de lo mismo. Más de lo mismo. Más de
mismo. Más de lo mismo. Más de lo mismo. Más de lo mismo. Más de lo mis-
mo. Más de lo mismo. Más de lo mismo. Más de lo mismo. Más de lo mismo.
Más de lo mismo. Más de lo mismo. Más de lo mismo. Más de lo mismo. Más
de lo mismo. Más de lo mismo. Más de lo mismo. Más de lo mismo. Más de
lo mismo. Más de lo mismo. Más de lo mismo. Más de lo mismo. Más de lo
mismo. Más de lo mismo.
Más de lo mismo. Más de lo mismo. Más de lo mismo. Más de lo mismo. Más
de lo mismo. Más de lo mismo. Más de lo mismo. Más de lo mismo. Más de
lo mismo. Más de lo mismo. Más de lo mismo. Más de lo mismo. Más de lo
mismo. Más de lo mismo. Más de lo mismo. Más de lo mismo. Más de lo mis-

mo. Más de lo mismo. Más de lo mismo. Más de lo mismo. Más de lo mismo.
Más de lo mismo. Más de lo mismo. Más de lo mismo. Más de lo mismo. Más
de lo mismo. Más de lo mismo. Más de lo mismo. Más de lo mismo. Más de
lo mismo. Más de lo mismo. Más de lo mismo. Más de lo mismo. Más de lo
mismo. Más de lo mismo. Más de lo mismo. Más de lo mismo. Más de lo mis-
mo. Más de lo mismo. Más de lo mismo. Más de lo mismo. Más de lo mismo.
Más de lo mismo. Más de lo mismo. Más de lo mismo. Más de lo mismo. Más
de lo mismo. Más de lo mismo. Más de lo mismo. Más de lo mismo. Más de
lo mismo. Más de lo mismo. Más de lo mismo. Más de lo mismo.
Más de lo mismo. Más de lo mismo. Más de lo mismo. Más de lo mismo. Más
de lo mismo. Más de lo mismo. Más de lo mismo. Más de lo mismo. Más de
lo mismo. Más de lo mismo. Más de lo mismo. Más de lo mismo. Más de lo
mismo. Más de lo mismo. Más de lo mismo. Más de lo mismo. Más de lo mis-
mo. Más de lo mismo. Más de lo mismo. Más de lo mismo. Más de lo mismo.
Más de lo mismo. Más de lo mismo. Más de lo mismo. Más de lo mismo. Más
de lo mismo. Más de lo mismo. Más de lo mismo.
Más de lo mismo. Más de lo mismo. Más de lo mismo. Más de lo mismo. Más
de lo mismo. Más de lo mismo. Más de lo mismo. Más de lo mismo. Más de
lo mismo. Más de lo mismo. Más de lo mismo. Más de lo mismo. Más de lo
mismo. Más de lo mismo. Más de lo mismo. Más de lo mismo. Más de lo mis-
mo. Más de lo mismo. Más de lo mismo. Más de lo mismo. Más de lo mismo.
Más de lo mismo. Más de lo mismo. Más de lo mismo. Más de lo mismo. Más
de lo mismo. Más de lo mismo. Más de lo mismo. Más de lo mismo. Más de
lo mismo. Más de lo mismo. Más de lo mismo. Más de lo mismo. Más de lo
mismo. Más de lo mismo. Más de lo mismo. Más de lo mismo. Más de lo mis-
mo. Más de lo mismo. Más de lo mismo. Más de lo mismo. Más de lo mismo.
Más de lo mismo. Más de lo mismo. Más de lo mismo. Más de lo mismo. Más
de lo mismo. Más de lo mismo. Más de lo mismo. Más de lo mismo. Más de
lo mismo. Más de lo mismo. Más de lo mismo. Más de lo mismo. Más de lo
mismo. Más de lo mismo. Más de lo mismo. Más de lo mismo. Más de lo mis-
mo. Más de lo mismo. Más de lo mismo. Más de lo mismo. Más de lo mismo.
Más de lo mismo. Más de lo mismo. Más de lo mismo. Más de lo mismo. Más
de lo mismo. Más de lo mismo. Más de lo mismo. Más de lo mismo. Más de
lo mismo. Más de lo mismo. Más de lo mismo.
Más de lo mismo. Más de lo mismo. Más de lo mismo. Más de lo mismo. Más
de lo mismo. Más de lo mismo. Más de lo mismo. Más de lo mismo. Más de
lo mismo. Más de lo mismo. Más de lo mismo. Más de lo mismo. Más de lo
mismo. Más de lo mismo. Más de lo mismo. Más de lo mismo. Más de lo mis-
mo. Más de lo mismo. Más de lo mismo. Más de lo mismo. Más de lo mismo.

Más de lo mismo. Más de lo mismo.

Más de lo mismo. Más de lo mismo.

Más de lo mismo. Más de lo mismo.

Más de lo mismo. Más de lo mismo. Más de lo mismo. Más de lo mismo. Más de lo mismo. Más de lo mismo. Más de lo mismo. Más de lo mismo. Más de

lo mismo. Más de lo mismo.

Capítulo III

Más de lo mismo. Más de lo mismo.

Más de lo mismo. Más de lo mismo.

Más de lo mismo. Más de lo mismo.

Más de lo mismo. Más de lo mismo.

Más de lo mismo. Más de lo mis-

mo. Más de lo mismo. Más de lo mismo. Más de lo mismo. Más de lo mismo. Más de lo mismo. Más de lo mismo. Más de lo mismo. Más de lo mismo. Más de lo mismo. Más de lo mismo. Más de lo mismo. Más de lo mismo. Más de lo mismo. Más de lo mismo. Más de lo mismo. Más de lo mismo. Más de lo mismo.

Más de lo mismo. Más de lo mismo.

Más de lo mismo. Más de lo mismo.

Más de lo mismo. Más de lo mismo.

Más de lo mismo. Más de lo mismo. Más de lo mismo. Más de lo mismo. Más de lo mismo. Más de lo mismo. Más de lo mismo. Más de lo mismo. Más de

lo mismo. Más de lo mismo. Más de
lo mismo.

Más de lo mismo. Más de lo mismo.

Más de lo mismo. Más de

lo mismo. Más de lo mismo. Más de lo mismo. Más de lo mismo. Más de lo mismo. Más de lo mismo. Más de lo mismo. Más de lo mismo. Más de lo mismo. Más de lo mismo.

Más de lo mismo. Más de lo mismo.

Más de lo mismo. Más de

lo mismo. Más de lo mismo. Más de lo mismo. Más de lo mismo. Más de lo mismo. Más de lo mismo. Más de lo mismo. Más de lo mismo. Más de lo mismo. Más de lo mismo. Más de lo mismo. Más de lo mismo. Más de lo mismo. Más de lo mismo.
Más de lo mismo.

Más de lo mismo. Más de lo mismo.

Más de lo mismo. Más de

lo mismo. Más de lo mismo. Más de lo mismo. Más de lo mismo. Más de lo mismo. Más de lo mismo. Más de lo mismo. Más de lo mismo. Más de lo mismo. Más de lo mismo.

Más de lo mismo. Más de lo mismo. Más de lo mismo. Más de lo mismo. Más de lo mismo. Más de lo mismo. Más de lo mismo. Más de lo mismo. Más de lo mismo. Más de lo mismo. Más de lo mismo. Más de lo mismo.

Más de lo mismo. Más de lo mismo.

Más de lo mismo. Más de lo mismo.

Más de lo mismo. Más de lo mismo. Más de lo mismo. Más de lo mismo. Más de lo mismo.

Más de lo mismo. Más de lo mismo.

Más de lo mismo. Más de lo mismo.

Más de lo mismo. Más de lo mismo.

Más de lo mismo. Más

de lo mismo. Más de lo mismo. Más de lo mismo. Más de lo mismo. Más de
lo mismo. Más de lo mismo. Más de lo mismo. Más de lo mismo. Más de lo
mismo. Más de lo mismo. Más de lo mismo. Más de lo mismo. Más de lo mis-
mo. Más de lo mismo. Más de lo mismo. Más de lo mismo. Más de lo mismo.
Más de lo mismo. Más de lo mismo. Más de lo mismo. Más de lo mismo. Más
de lo mismo. Más de lo mismo. Más de lo mismo. Más de lo mismo. Más de
lo mismo. Más de lo mismo. Más de lo mismo.

Más de lo mismo. Más de lo mismo. Más de lo mismo. Más de lo mismo. Más
de lo mismo. Más de lo mismo. Más de lo mismo. Más de lo mismo. Más de
lo mismo. Más de lo mismo. Más de lo mismo. Más de lo mismo. Más de lo
mismo. Más de lo mismo. Más de lo mismo. Más de lo mismo. Más de lo mis-
mo. Más de lo mismo. Más de lo mismo. Más de lo mismo. Más de lo mismo.
Más de lo mismo. Más de lo mismo. Más de lo mismo. Más de lo mismo. Más
de lo mismo. Más de lo mismo.

Más de lo mismo. Más de lo mismo. Más de lo mismo. Más de lo mismo. Más
de lo mismo. Más de lo mismo. Más de lo mismo. Más de lo mismo. Más de
lo mismo. Más de lo mismo. Más de lo mismo. Más de lo mismo. Más de lo
mismo. Más de lo mismo. Más de lo mismo. Más de lo mismo. Más de lo mis-
mo. Más de lo mismo. Más de lo mismo. Más de lo mismo. Más de lo mismo.
Más de lo mismo. Más de lo mismo. Más de lo mismo.

Más de lo mismo. Más de lo mismo. Más de lo mismo. Más de lo mismo. Más
de lo mismo. Más de lo mismo. Más de lo mismo. Más de lo mismo. Más de
lo mismo. Más de lo mismo. Más de lo mismo. Más de lo mismo. Más de lo
mismo. Más de lo mismo. Más de lo mismo. Más de lo mismo. Más de lo mis-
mo. Más de lo mismo. Más de lo mismo. Más de lo mismo. Más de lo mismo.
Más de lo mismo. Más de lo mismo. Más de lo mismo. Más de lo mismo. Más
de lo mismo. Más de lo mismo. Más de lo mismo. Más de lo mismo. Más de
lo mismo. Más de lo mismo. Más de lo mismo. Más de lo mismo. Más de lo
mismo. Más de lo mismo. Más de lo mismo. Más de lo mismo. Más de lo mis-
mo. Más de lo mismo. Más de lo mismo. Más de lo mismo. Más de lo mismo.
Más de lo mismo. Más de lo mismo. Más de lo mismo. Más de lo mismo. Más
de lo mismo. Más de lo mismo. Más de lo mismo. Más de lo mismo. Más de
lo mismo. Más de lo mismo. Más de lo mismo. Más de lo mismo. Más de lo
mismo. Más de lo mismo. Más de lo mismo. Más de lo mismo. Más de lo mis-
mo. Más de lo mismo. Más de lo mismo. Más de lo mismo. Más de lo mismo.
Más de lo mismo. Más de lo mismo. Más de lo mismo. Más de lo mismo. Más
de lo mismo. Más de lo mismo. Más de lo mismo. Más de lo mismo. Más de
lo mismo. Más de lo mismo. Más de lo mismo. Más de lo mismo. Más de lo
mismo. Más de lo mismo. Más de lo mismo. Más de lo mismo. Más de lo mis-

mo. Más de lo mismo. Más de lo mismo. Más de lo mismo. Más de lo mismo. Más de lo mismo. Más de lo mismo. Más de lo mismo. Más de lo mismo. Más de lo mismo. Más de lo mismo. Más de lo mismo. Más de lo mismo. Más de lo mismo. Más de lo mismo. Más de lo mismo.

Más de lo mismo. Más de lo mismo.

Más de lo mismo. Más de lo mismo.

Más de lo mismo. Más de lo mismo. Más de lo mismo. Más de lo mismo. Más de lo mismo. Más de lo mismo. Más de lo mismo. Más de lo mismo. Más de lo mismo. Más de lo mismo. Más de lo mismo. Más de lo mismo. Más de lo

mismo. Más de lo mismo.

Más de lo mismo. Más de lo mismo.

Más de lo mismo. Más de lo mismo. Más de lo mismo. Más de lo mismo. Más de lo mismo. Más de lo mismo. Más de lo mismo. Más de lo mismo. Más de lo mismo. Más de lo mismo. Más de lo mismo. Más de lo mismo. Más de lo mismo. Más de lo mismo. Más de lo mismo. Más de lo mismo. Más de lo mismo. Más de lo mismo. Más de lo mismo.

Más de lo mismo. Más de lo mismo.

Más de lo mismo. Más de lo mismo.

Más de lo mismo. Más de lo mismo. Más de lo mismo. Más de lo mismo. Más de lo mismo. Más de lo mismo. Más de lo mismo. Más de lo mismo. Más de lo mismo. Más de lo mismo. Más de lo mismo. Más de lo mismo. Más de lo mismo. Más de lo mismo. Más de lo mismo. Más de lo mis-

mo. Más de lo mismo. Más de lo mismo. Más de lo mismo. Más de lo mismo.
Más de lo mismo. Más de lo mismo. Más de lo mismo. Más de lo mismo. Más
de lo mismo. Más de lo mismo. Más de lo mismo. Más de lo mismo. Más de
lo mismo. Más de lo mismo. Más de lo mismo. Más de lo mismo. Más de lo
mismo. Más de lo mismo. Más de lo mismo. Más de lo mismo. Más de lo mis-
mo. Más de lo mismo. Más de lo mismo. Más de lo mismo. Más de lo mismo.
Más de lo mismo. Más de lo mismo. Más de lo mismo.

Más de lo mismo. Más de lo mismo. Más de lo mismo. Más de lo mismo. Más
de lo mismo. Más de lo mismo. Más de lo mismo. Más de lo mismo. Más de
lo mismo. Más de lo mismo. Más de lo mismo. Más de lo mismo. Más de lo
mismo. Más de lo mismo. Más de lo mismo. Más de lo mismo. Más de lo mis-
mo. Más de lo mismo. Más de lo mismo. Más de lo mismo. Más de lo mismo.
Más de lo mismo. Más de lo mismo. Más de lo mismo. Más de lo mismo. Más
de lo mismo. Más de lo mismo. Más de lo mismo. Más de lo mismo. Más de
lo mismo. Más de lo mismo. Más de lo mismo. Más de lo mismo. Más de lo
mismo. Más de lo mismo. Más de lo mismo. Más de lo mismo. Más de lo mis-
mo. Más de lo mismo. Más de lo mismo. Más de lo mismo. Más de lo mismo.
Más de lo mismo. Más de lo mismo. Más de lo mismo. Más de lo mismo. Más
de lo mismo. Más de lo mismo. Más de lo mismo. Más de lo mismo. Más de
lo mismo. Más de lo mismo. Más de lo mismo. Más de lo mismo. Más de lo
mismo. Más de lo mismo. Más de lo mismo. Más de lo mismo. Más de lo mis-
mo. Más de lo mismo. Más de lo mismo. Más de lo mismo. Más de lo mismo.
Más de lo mismo. Más de lo mismo. Más de lo mismo. Más de lo mismo. Más
de lo mismo. Más de lo mismo.

Más de lo mismo. Más de lo mismo. Más de lo mismo. Más de lo mismo. Más
de lo mismo. Más de lo mismo. Más de lo mismo. Más de lo mismo. Más de
lo mismo. Más de lo mismo. Más de lo mismo. Más de lo mismo. Más de lo
mismo. Más de lo mismo. Más de lo mismo. Más de lo mismo. Más de lo mis-
mo. Más de lo mismo. Más de lo mismo. Más de lo mismo. Más de lo mismo.
Más de lo mismo. Más de lo mismo. Más de lo mismo. Más de lo mismo. Más
de lo mismo. Más de lo mismo. Más de lo mismo. Más de lo mismo. Más de
lo mismo. Más de lo mismo. Más de lo mismo. Más de lo mismo. Más de lo
mismo. Más de lo mismo. Más de lo mismo. Más de lo mismo. Más de lo mis-
mo. Más de lo mismo. Más de lo mismo. Más de lo mismo. Más de lo mismo.
Más de lo mismo. Más de lo mismo. Más de lo mismo. Más de lo mismo. Más
de lo mismo. Más de lo mismo. Más de lo mismo. Más de lo mismo. Más de
lo mismo. Más de lo mismo. Más de lo mismo. Más de lo mismo.

Más de lo mismo. Más de lo mismo. Más de lo mismo. Más de lo mismo. Más
de lo mismo. Más de lo mismo. Más de lo mismo. Más de lo mismo. Más de

lo mismo. Más de lo mismo.

Más de lo mismo. Más de lo mismo.

Más de lo mismo. Más

de lo mismo. Más de lo mismo. Más de lo mismo. Más de lo mismo. Más de lo mismo. Más de lo mismo. Más de lo mismo. Más de lo mismo. Más de lo mismo. Más de lo mismo. Más de lo mismo.

Más de lo mismo. Más de lo mismo.

Más de lo mismo. Más de lo mismo.

Más de lo mismo. Más de lo mismo. Más de lo mismo. Más de lo mismo. Más de lo mismo. Más de lo mismo. Más de lo mismo. Más de lo mismo. Más de lo mismo. Más de lo mismo. Más de lo mismo. Más de lo mismo. Más de lo mismo. Más de lo mismo. Más de lo mismo. Más de lo mis-

mo. Más de lo mismo.

Más de lo mismo. Más de lo mismo.

Más de lo mismo. Más de

lo mismo. Más de lo mismo.

Más de lo mismo. Más de lo mismo.

Capítulo IV

Más de lo mismo. Más de lo mismo. Más de lo mismo. Más de lo mismo. Más de lo mismo. Más de lo mismo. Más de lo mismo. Más de lo mismo. Más de lo mismo. Más de lo mismo. Más de lo mismo. Más de lo mismo. Más de lo mismo. Más de lo mismo. Más de lo mismo. Más de lo mismo. Más de lo mismo. Más de lo mismo. Más de lo mismo.

Más de lo mismo. Más de

lo mismo. Más de lo mismo. Más de lo mismo. Más de lo mismo. Más de lo mismo. Más de lo mismo. Más de lo mismo. Más de lo mismo. Más de lo mismo. Más de lo mismo. Más de lo mismo. Más de lo mismo.

Más de lo mismo. Más de

lo mismo. Más de lo mismo. Más de lo mismo. Más de lo mismo. Más de lo mismo. Más de lo mismo.

Más de lo mismo. Más de lo mismo.

Más de lo mismo. Más de lo mismo.

Más de lo mismo. Más de lo mismo.

Más de lo mismo. Más de lo mismo. Más de lo mismo. Más de lo mismo. Más de lo mismo. Más de lo mismo. Más de lo mismo. Más de lo mismo. Más de lo mismo. Más de lo mismo. Más de lo mismo. Más de lo mismo. Más de lo mismo. Más de lo mismo. Más de lo mismo. Más de lo mismo. Más de lo mismo. Más de lo mismo. Más de lo mismo. Más de lo mismo.

Más de lo mismo. Más de lo mismo.

Más de lo mismo. Más de lo mismo.

Más de lo mismo. Más de lo mismo.

Más de lo mismo. Más de lo mismo. Más de lo mismo. Más de lo mismo. Más de lo mismo. Más de lo mismo. Más de lo mismo. Más de lo mismo. Más de lo mismo. Más de lo mismo. Más de lo mismo. Más de lo mismo. Más de lo mismo. Más de lo mismo. Más de lo mismo. Más de lo mis-

mo. Más de lo mismo. Más de lo mismo. Más de lo mismo. Más de lo mismo. Más de lo mismo. Más de lo mismo. Más de lo mismo. Más de lo mismo. Más de lo mismo. Más de lo mismo. Más de lo mismo. Más de lo mismo. Más de lo mismo. Más de lo mismo. Más de lo mismo. Más de lo mismo. Más de lo mismo. Más de lo mismo. Más de lo mismo.

Más de lo mismo. Más de lo mismo.

Más de lo mismo. Más

de lo mismo. Más de lo mismo. Más de lo mismo. Más de lo mismo. Más de
lo mismo. Más de lo mismo. Más de lo mismo. Más de lo mismo. Más de lo
mismo. Más de lo mismo. Más de lo mismo. Más de lo mismo. Más de lo mis-
mo. Más de lo mismo. Más de lo mismo. Más de lo mismo. Más de lo mismo.
Más de lo mismo. Más de lo mismo. Más de lo mismo. Más de lo mismo. Más
de lo mismo. Más de lo mismo. Más de lo mismo. Más de lo mismo. Más de
lo mismo. Más de lo mismo. Más de lo mismo. Más de lo mismo.

Más de lo mismo. Más de lo mismo. Más de lo mismo. Más de lo mismo. Más
de lo mismo. Más de lo mismo. Más de lo mismo. Más de lo mismo. Más de
lo mismo. Más de lo mismo. Más de lo mismo. Más de lo mismo. Más de lo
mismo. Más de lo mismo. Más de lo mismo. Más de lo mismo. Más de lo mis-
mo. Más de lo mismo. Más de lo mismo. Más de lo mismo. Más de lo mismo.
Más de lo mismo. Más de lo mismo. Más de lo mismo. Más de lo mismo. Más
de lo mismo. Más de lo mismo. Más de lo mismo. Más de lo mismo. Más de
lo mismo. Más de lo mismo. Más de lo mismo. Más de lo mismo. Más de lo
mismo. Más de lo mismo. Más de lo mismo. Más de lo mismo. Más de lo mis-
mo. Más de lo mismo. Más de lo mismo. Más de lo mismo. Más de lo mismo.
Más de lo mismo. Más de lo mismo. Más de lo mismo. Más de lo mismo. Más
de lo mismo. Más de lo mismo. Más de lo mismo. Más de lo mismo. Más de
lo mismo. Más de lo mismo. Más de lo mismo. Más de lo mismo. Más de lo
mismo. Más de lo mismo. Más de lo mismo. Más de lo mismo. Más de lo mis-
mo. Más de lo mismo. Más de lo mismo. Más de lo mismo. Más de lo mismo.
Más de lo mismo. Más de lo mismo. Más de lo mismo. Más de lo mismo. Más
de lo mismo. Más de lo mismo. Más de lo mismo. Más de lo mismo. Más de
lo mismo. Más de lo mismo. Más de lo mismo. Más de lo mismo. Más de lo
mismo. Más de lo mismo. Más de lo mismo. Más de lo mismo. Más de lo
mismo. Más de lo mismo. Más de lo mismo.

Más de lo mismo. Más de lo mismo. Más de lo mismo. Más de lo mismo. Más
de lo mismo. Más de lo mismo. Más de lo mismo. Más de lo mismo. Más de
lo mismo. Más de lo mismo. Más de lo mismo. Más de lo mismo. Más de lo
mismo. Más de lo mismo. Más de lo mismo. Más de lo mismo.

Más de lo mismo. Más de lo mismo. Más de lo mismo. Más de lo mismo. Más
de lo mismo. Más de lo mismo. Más de lo mismo. Más de lo mismo. Más de
lo mismo. Más de lo mismo. Más de lo mismo. Más de lo mismo. Más de lo
mismo. Más de lo mismo. Más de lo mismo. Más de lo mismo. Más de lo mis-
mo. Más de lo mismo. Más de lo mismo. Más de lo mismo. Más de lo mismo.
Más de lo mismo. Más de lo mismo. Más de lo mismo. Más de lo mismo. Más
de lo mismo. Más de lo mismo. Más de lo mismo. Más de lo mismo. Más de
lo mismo. Más de lo mismo. Más de lo mismo.

Más de lo mismo. Más de lo mismo.

Más de lo mismo. Más de lo mismo.

Más de lo mismo. Más de lo mismo. Más de lo mismo. Más de lo mismo. Más de lo mismo. Más de lo mismo. Más de lo mismo. Más de lo mismo. Más de lo mismo. Más de lo mismo. Más de lo mismo. Más de lo mismo. Más de lo mismo. Más de lo mismo. Más de lo mismo. Más de lo mismo. Más de lo mismo. Más de lo mismo. Más de lo mismo. Más de lo mismo.

Más de lo mismo. Más de lo mismo.

Más de lo mismo. Más de lo mismo.

Más de lo mismo. Más de lo mismo.

Más de lo mismo. Más de lo mismo.

Más de lo mismo. Más de lo mismo.

Más de lo mismo. Más de lo mismo.
Más de lo mismo. Más de lo mismo.
Más de lo mismo. Más de

lo mismo. Más de lo mismo.

Más de lo mismo. Más de lo mismo.

Más de lo mismo. Más de lo mismo.

Más de lo mismo. Más de lo mismo. Más de lo mismo. Más de lo mismo. Más de lo mismo. Más de lo mismo. Más de lo mismo. Más de lo mismo. Más de lo mismo. Más de lo mismo. Más de lo mismo. Más de lo mismo. Más de lo mismo. Más de lo mismo. Más de lo mismo. Más de lo mismo. Más de lo mismo. Más de lo mismo.

Más de lo mismo. Más de lo mismo.

Más de lo mismo. Más de lo

mismo. Más de lo mismo.

Más de lo mismo. Más de lo mismo.

Más de lo mismo. Más de lo mismo.

Más de lo mismo. Más de lo mismo. Más de lo mismo. Más de lo mismo. Más de lo mismo. Más de lo mismo.

Más de lo mismo. Más de lo mismo.

Más de lo mismo. Más de lo mismo.

Más de lo mismo. Más de lo mismo.

Más de lo mismo. Más de lo mismo. Más de lo mismo. Más de lo mismo. Más de lo mismo. Más de lo mismo. Más de lo mismo. Más de lo mismo. Más de lo mismo. Más de lo mismo. Más de lo mismo. Más de lo mismo. Más de lo mismo. Más de lo mismo. Más de lo mismo. Más de lo mismo. Más de lo mismo. Más de lo mismo. Más de lo mis-mo. Más de lo mis-mo. Más de lo mismo. Más de lo mismo. Más de lo mismo. Más de lo mismo. Más de lo mismo. Más de lo mismo. Más de lo mismo. Más de lo mismo. Más de lo mismo. Más de lo mismo. Más de lo mismo. Más de lo mismo. Más de lo mismo. Más de lo mismo. Más de lo mismo. Más de lo mismo. Más de lo mismo. Más de lo mismo. Más de lo mis-mo. Más de lo mismo. Más de lo mismo. Más de lo mismo. Más de lo mismo. Más de lo mismo. Más de lo mismo. Más de lo mismo. Más de lo mismo. Más de lo mismo. Más de lo mismo. Más de lo mismo. Más de lo mismo.
Más de lo mismo. Más de lo mismo. Más de lo mismo. Más de lo mismo. Más de lo mismo. Más de lo mismo. Más de lo mismo. Más de lo mismo. Más de lo mismo. Más de lo mismo. Más de lo mismo. Más de lo mismo. Más de lo mismo. Más de lo mismo. Más de lo mismo. Más de lo mis-mo. Más de lo mis-mo. Más de lo mismo. Más de lo mismo. Más de lo mismo. Más de lo mismo. Más de lo mismo. Más de lo mismo. Más de lo mismo. Más de lo mismo. Más de lo mismo. Más de lo mismo. Más de lo mismo. Más de lo mismo. Más de lo mismo. Más de lo mismo. Más de lo mis-mo. Más de lo mismo. Más de lo mismo. Más de lo mismo. Más de lo mismo. Más de lo mismo. Más de lo mismo. Más de lo mismo. Más de lo mismo. Más de lo mismo. Más de lo mismo. Más de lo mismo. Más de lo mismo. Más de lo mismo. Más de lo mismo. Más de lo mis-mo. Más de lo mismo. Más de lo mismo. Más de lo mismo. Más de lo mismo. Más de lo mismo. Más de lo mismo. Más de lo mismo. Más de lo mismo. Más

de lo mismo. Más de lo mismo. Más de lo mismo. Más de lo mismo. Más de lo mismo. Más de lo mismo. Más de lo mismo.
Más de lo mismo. Más de lo mismo.
de lo mismo. Más de lo mismo.
de lo mismo. Más de lo

mismo. Más de lo mismo. Más de lo mismo. Más de lo mismo. Más de lo mis-
mo. Más de lo mismo. Más de lo mismo. Más de lo mismo. Más de lo mismo.
Más de lo mismo. Más de lo mismo.

de lo mismo. Más de lo mismo. Más de lo mismo. Más de lo mismo. Más de
lo mismo. Más de lo mismo. Más de lo mismo. Más de lo mismo. Más de lo
mismo. Más de lo mismo. Más de lo mismo. Más de lo mismo. Más de lo mis-
mo. Más de lo mismo. Más de lo mismo. Más de lo mismo. Más de lo mismo.
Más de lo mismo. Más de lo mismo. Más de lo mismo. Más de lo mismo. Más
de lo mismo. Más de lo mismo. Más de lo mismo. Más de lo mismo. Más de
lo mismo. Más de lo mismo. Más de lo mismo. Más de lo mismo. Más de lo
mismo. Más de lo mismo. Más de lo mismo. Más de lo mismo. Más de lo mis-
mo. Más de lo mismo. Más de lo mismo. Más de lo mismo. Más de lo mismo.
Más de lo mismo. Más de lo mismo. Más de lo mismo. Más de lo mismo. Más
de lo mismo. Más de lo mismo. Más de lo mismo. Más de lo mismo. Más de
lo mismo. Más de lo mismo. Más de lo mismo.

de lo mismo. Más de lo mismo. Más de lo mismo. Más de lo mismo. Más de
lo mismo. Más de lo mismo. Más de lo mismo. Más de lo mismo. Más de lo
mismo. Más de lo mismo. Más de lo mismo. Más de lo mismo. Más de lo mis-
mo. Más de lo mismo. Más de lo mismo. Más de lo mismo. Más de lo mismo.
Más de lo mismo. Más de lo mismo. Más de lo mismo. Más de lo mismo. Más
de lo mismo. Más de lo mismo. Más de lo mismo. Más de lo mismo. Más de
lo mismo. Más de lo mismo. Más de lo mismo. Más de lo mismo. Más de lo
mismo. Más de lo mismo. Más de lo mismo. Más de lo mismo. Más de lo mis-
mo. Más de lo mismo. Más de lo mismo. Más de lo mismo. Más de lo mismo.
Más de lo mismo. Más de lo mismo. Más de lo mismo. Más de lo mismo. Más
de lo mismo. Más de lo mismo. Más de lo mismo. Más de lo mismo.

de lo mismo. Más de lo mismo. Más de lo mismo. Más de lo mismo. Más de
lo mismo. Más de lo mismo. Más de lo mismo. Más de lo mismo. Más de lo
mismo. Más de lo mismo. Más de lo mismo. Más de lo mismo. Más de lo mis-
mo. Más de lo mismo. Más de lo mismo. Más de lo mismo. Más de lo mismo.
Más de lo mismo. Más de lo mismo. Más de lo mismo. Más de lo mismo. Más
de lo mismo. Más de lo mismo. Más de lo mismo. Más de lo mismo. Más de
lo mismo. Más de lo mismo. Más de lo mismo. Más de lo mismo. Más de lo
mismo. Más de lo mismo. Más de lo mismo. Más de lo mismo. Más de lo mis-
mo. Más de lo mismo. Más de lo mismo. Más de lo mismo. Más de lo mismo.
Más de lo mismo. Más de lo mismo. Más de lo mismo. Más de lo mismo. Más
de lo mismo. Más de lo mismo. Más de lo mismo. Más de lo mismo. Más de
lo mismo. Más de lo mismo. Más de lo mismo. Más de lo mismo. Más de lo
mismo. Más de lo mismo. Más de lo mismo. Más de lo mismo. Más de lo mis-

mo. Más de lo mismo. Más de lo mismo. Más de lo mismo. Más de lo mismo. Más de lo mismo. Más de lo mismo. Más de lo mismo. Más de lo mismo. Más de lo mismo. Más de lo mismo. Más de lo mismo. Más de lo mismo. Más de lo mismo. Más de lo mismo. Más de lo mismo.

de lo mismo. Más de lo mismo.

Capítulo V

Más de lo mismo. Más de lo mismo. Más de lo mismo. Más de lo mismo. Más de lo mismo. Más de lo mismo. Más de lo mismo. Más de lo mismo. Más de lo mismo. Más de lo mismo. Más de lo mismo. Más de lo mismo. Más de lo mismo. Más de lo mismo. Más de lo mismo. Más de lo mismo. Más de lo mismo. Más de lo mismo.

Más de lo mismo. Más de

lo mismo. Más de lo mismo.

Más de lo mismo. Más de lo mismo.

Más de lo mismo. Más de lo

mismo. Más de lo mismo.

Más de lo mismo. Más de lo mismo.

Más de lo mismo. Más de lo mismo.

Más de lo mismo. Más de lo mismo. Más de lo mismo. Más de lo mismo. Más de lo mismo. Más de lo mismo. Más de lo mismo. Más de lo mismo. Más de lo mismo. Más de lo mismo. Más de lo mismo. Más de lo mismo. Más de lo mismo. Más de lo mismo. Más de lo mismo. Más de lo mismo. Más de lo mismo. Más de lo mismo.

Más de lo mismo. Más de lo mismo.

Más de lo mismo. Más de lo mismo.

Más de lo mismo. Más de lo mismo.

Más de lo mismo. Más de lo mismo. Más de lo mismo. Más de lo mismo. Más de lo mismo. Más de lo mismo. Más de lo mismo. Más de lo mismo. Más de lo mismo. Más de lo mismo. Más de lo mismo.

Más de lo mismo. Más de lo mismo.

Más de lo mismo. Más de lo mismo.

Más de lo mismo. Más de lo mis-

mo. Más de lo mismo.

Más de lo mismo. Más de lo mismo.

Más de lo mismo. Más de lo mismo.

Más de lo mismo. Más de lo mismo. Más de lo mismo. Más de lo mismo. Más de lo mismo. Más de lo mismo. Más de lo mismo. Más de lo mismo. Más de lo mismo. Más de lo mismo. Más de lo mismo. Más de lo mismo. Más de lo mismo. Más de lo mismo. Más de lo mismo. Más de lo mismo. Más de lo mismo. Más de lo mismo. Más de lo mismo. Más de lo mismo.

Más de lo mismo. Más de lo mismo.

Más de lo mismo. Más de lo mismo. Más de lo mismo. Más de lo mismo. Más de lo mismo. Más de lo mismo. Más de lo mismo. Más de lo mismo. Más de lo mismo. Más de lo mismo. Más de lo mismo. Más de lo mismo.

Más de lo mismo. Más de lo mismo.

Más de lo mismo. Más de lo

mismo. Más de lo mismo.

Más de lo mismo. Más de lo mismo.

Más de lo mismo. Más de lo mismo.

Más de lo mismo. Más de lo mismo. Más de lo mismo. Más de lo mismo. Más de lo mismo. Más de lo mismo. Más de lo mismo. Más de lo mismo. Más de lo mismo. Más de lo mismo. Más de lo mismo. Más de lo mismo. Más de lo

mismo. Más de lo mismo. Más de lo mismo. Más de lo mismo. Más de lo mismo. Más de lo mismo. Más de lo mismo. Más de lo mismo. Más de lo mismo. Más de lo mismo. Más de lo mismo.

Más de lo mismo. Más de lo mismo.

Más de lo mismo. Más de lo mismo.

Más de lo mismo. Más de lo mismo.

Más de lo mismo. Más de lo mis-

mo. Más de lo mismo.

Más de lo mismo. Más de lo mismo.

Más de lo mismo. Más de lo mismo.

Más de lo mismo. Más de lo mismo.

Más de lo mismo. Más de lo mismo.

Más de lo mismo. Más de

lo mismo. Más de lo mismo. Más de lo mismo. Más de lo mismo. Más de lo mismo. Más de lo mismo. Más de lo mismo.

Más de lo mismo. Más de lo mismo. Más de lo mismo. Más de lo mismo. Más de lo mismo. Más de lo mismo. Más de lo mismo. Más de lo mismo. Más de lo mismo. Más de lo mismo. Más de lo mismo. Más de lo mismo. Más de lo mismo. Más de lo mismo. Más de lo mismo. Más de lo mismo. Más de lo mismo. Más de lo mismo. Más de lo mismo. Más de lo mismo.

Más de lo mismo. Más de lo mismo.

Más de lo mismo. Más de lo mismo.

Más de lo mismo. Más de lo

mismo. Más de lo mismo.

Más de lo mismo. Más de lo mismo.

Más de lo mismo. Más de lo mismo.

Más de lo mismo. Más de lo mismo. Más de lo mismo. Más de lo mismo. Más de lo mismo. Más de lo mismo. Más de lo mismo. Más de lo mismo. Más de

lo mismo. Más de lo mismo. Más de lo mismo. Más de lo mismo. Más de lo
mismo. Más de lo mismo. Más de lo mismo. Más de lo mismo. Más de lo mis-
mo. Más de lo mismo. Más de lo mismo. Más de lo mismo. Más de lo mismo.
Más de lo mismo. Más de lo mismo. Más de lo mismo. Más de lo mismo. Más
de lo mismo. Más de lo mismo. Más de lo mismo. Más de lo mismo. Más de
lo mismo. Más de lo mismo. Más de lo mismo. Más de lo mismo. Más de lo
mismo. Más de lo mismo. Más de lo mismo. Más de lo mismo. Más de lo mis-
mo. Más de lo mismo. Más de lo mismo. Más de lo mismo. Más de lo mismo.
Más de lo mismo. Más de lo mismo. Más de lo mismo. Más de lo mismo. Más
de lo mismo. Más de lo mismo. Más de lo mismo. Más de lo mismo. Más de
lo mismo. Más de lo mismo. Más de lo mismo.
Más de lo mismo. Más de lo mismo. Más de lo mismo. Más de lo mismo. Más
de lo mismo. Más de lo mismo. Más de lo mismo. Más de lo mismo. Más de
lo mismo. Más de lo mismo. Más de lo mismo. Más de lo mismo. Más de lo
mismo. Más de lo mismo. Más de lo mismo. Más de lo mismo. Más de lo mis-
mo. Más de lo mismo. Más de lo mismo. Más de lo mismo. Más de lo mismo.
Más de lo mismo. Más de lo mismo. Más de lo mismo. Más de lo mismo. Más
de lo mismo. Más de lo mismo. Más de lo mismo. Más de lo mismo. Más de
lo mismo. Más de lo mismo. Más de lo mismo. Más de lo mismo. Más de lo
mismo. Más de lo mismo. Más de lo mismo. Más de lo mismo. Más de lo mismo.
Más de lo mismo. Más de lo mismo. Más de lo mismo. Más de lo mismo. Más
de lo mismo. Más de lo mismo. Más de lo mismo. Más de lo mismo. Más de
lo mismo. Más de lo mismo. Más de lo mismo. Más de lo mismo. Más de lo
mismo. Más de lo mismo. Más de lo mismo. Más de lo mismo. Más de lo
mismo. Más de lo mismo. Más de lo mismo. Más de lo mismo.
Más de lo mismo. Más de lo mismo. Más de lo mismo. Más de lo mismo. Más
de lo mismo. Más de lo mismo. Más de lo mismo. Más de lo mismo. Más de
lo mismo. Más de lo mismo. Más de lo mismo. Más de lo mismo. Más de lo
mismo. Más de lo mismo. Más de lo mismo. Más de lo mismo. Más de lo mis-
mo. Más de lo mismo. Más de lo mismo. Más de lo mismo. Más de lo mismo.
Más de lo mismo. Más de lo mismo. Más de lo mismo. Más de lo mismo. Más
de lo mismo. Más de lo mismo. Más de lo mismo. Más de lo mismo. Más de
lo mismo. Más de lo mismo. Más de lo mismo. Más de lo mismo. Más de lo
mismo. Más de lo mismo. Más de lo mismo. Más de lo mismo. Más de lo mis-
mo. Más de lo mismo. Más de lo mismo. Más de lo mismo. Más de lo mismo.
Más de lo mismo. Más de lo mismo. Más de lo mismo. Más de lo mismo. Más
de lo mismo. Más de lo mismo. Más de lo mismo. Más de lo mismo. Más de
lo mismo. Más de lo mismo. Más de lo mismo. Más de lo mismo. Más de lo
mismo. Más de lo mismo. Más de lo mismo. Más de lo mismo. Más de lo mis-

mo. Más de lo mismo. Más de lo mismo. Más de lo mismo. Más de lo mismo.
Más de lo mismo. Más de lo mismo. Más de lo mismo. Más de lo mismo. Más
de lo mismo. Más de lo mismo. Más de lo mismo. Más de lo mismo. Más de
lo mismo. Más de lo mismo. Más de lo mismo. Más de lo mismo. Más de lo
mismo. Más de lo mismo. Más de lo mismo. Más de lo mismo. Más de lo mis-
mo. Más de lo mismo. Más de lo mismo. Más de lo mismo. Más de lo mismo.
Más de lo mismo. Más de lo mismo. Más de lo mismo. Más de lo mismo. Más
de lo mismo. Más de lo mismo. Más de lo mismo. Más de lo mismo. Más de
lo mismo. Más de lo mismo. Más de lo mismo. Más de lo mismo. Más de lo
mismo. Más de lo mismo. Más de lo mismo. Más de lo mismo. Más de lo mis-
mo. Más de lo mismo. Más de lo mismo. Más de lo mismo. Más de lo mismo.
Más de lo mismo. Más de lo mismo. Más de lo mismo. Más de lo mismo. Más
de lo mismo. Más de lo mismo. Más de lo mismo. Más de lo mismo. Más de
lo mismo. Más de lo mismo. Más de lo mismo. Más de lo mismo. Más de lo
mismo. Más de lo mismo. Más de lo mismo. Más de lo mismo. Más de lo
mismo. Más de lo mismo.

Más de lo mismo. Más de lo mismo. Más de lo mismo. Más de lo mismo. Más
de lo mismo. Más de lo mismo. Más de lo mismo. Más de lo mismo. Más de
lo mismo. Más de lo mismo. Más de lo mismo. Más de lo mismo. Más de lo
mismo. Más de lo mismo. Más de lo mismo. Más de lo mismo. Más de lo mis-
mo. Más de lo mismo. Más de lo mismo. Más de lo mismo. Más de lo mismo.
Más de lo mismo. Más de lo mismo. Más de lo mismo. Más de lo mismo. Más
de lo mismo. Más de lo mismo. Más de lo mismo. Más de lo mismo. Más de
lo mismo. Más de lo mismo. Más de lo mismo. Más de lo mismo. Más de lo
mismo. Más de lo mismo. Más de lo mismo. Más de lo mismo. Más de lo mis-
mo. Más de lo mismo. Más de lo mismo. Más de lo mismo. Más de lo mismo.
Más de lo mismo. Más de lo mismo. Más de lo mismo. Más de lo mismo. Más
de lo mismo. Más de lo mismo. Más de lo mismo. Más de lo mismo. Más de
lo mismo. Más de lo mismo. Más de lo mismo. Más de lo mismo. Más de lo
mismo. Más de lo mismo. Más de lo mismo. Más de lo mismo. Más de lo mis-
mo. Más de lo mismo. Más de lo mismo. Más de lo mismo. Más de lo mismo.
Más de lo mismo. Más de lo mismo. Más de lo mismo. Más de lo mismo. Más
de lo mismo. Más de lo mismo. Más de lo mismo. Más de lo mismo. Más de
lo mismo. Más de lo mismo. Más de lo mismo.

Más de lo mismo. Más de lo mismo.

Más de lo mismo. Más de lo mismo.

Más de lo mismo. Más de lo mis-

mo. Más de lo mismo. Más de lo mismo. Más de lo mismo. Más de lo mismo. Más de lo mismo. Más de lo mismo. Más de lo mismo. Más de lo mismo. Más de lo mismo. Más de lo mismo. Más de lo mismo. Más de lo mismo. Más de lo mismo. Más de lo mismo. Más de lo mismo. Más de lo mismo. Más de lo mismo.

Más de lo mismo. Más de lo mismo.

Más de lo mismo. Más de lo mis-

mo. Más de lo mismo. Más de lo mismo. Más de lo mismo. Más de lo mismo.
Más de lo mismo. Más de lo mismo. Más de lo mismo. Más de lo mismo. Más
de lo mismo. Más de lo mismo. Más de lo mismo. Más de lo mismo. Más de
lo mismo. Más de lo mismo. Más de lo mismo. Más de lo mismo.
Más de lo mismo. Más de lo mismo. Más de lo mismo. Más de lo mismo. Más
de lo mismo. Más de lo mismo. Más de lo mismo. Más de lo mismo. Más de
lo mismo. Más de lo mismo. Más de lo mismo. Más de lo mismo. Más de lo
mismo. Más de lo mismo. Más de lo mismo. Más de lo mismo. Más de lo mis-
mo. Más de lo mismo. Más de lo mismo. Más de lo mismo. Más de lo mismo.
Más de lo mismo. Más de lo mismo. Más de lo mismo. Más de lo mismo. Más
de lo mismo. Más de lo mismo. Más de lo mismo. Más de lo mismo. Más de
lo mismo. Más de lo mismo. Más de lo mismo. Más de lo mismo. Más de lo
mismo. Más de lo mismo. Más de lo mismo. Más de lo mismo. Más de lo mis-
mo. Más de lo mismo. Más de lo mismo. Más de lo mismo. Más de lo mismo.
Más de lo mismo. Más de lo mismo. Más de lo mismo.
Más de lo mismo. Más de lo mismo. Más de lo mismo. Más de lo mismo. Más
de lo mismo. Más de lo mismo. Más de lo mismo. Más de lo mismo. Más de
lo mismo. Más de lo mismo. Más de lo mismo. Más de lo mismo. Más de lo
mismo. Más de lo mismo. Más de lo mismo. Más de lo mismo. Más de lo mis-
mo. Más de lo mismo. Más de lo mismo. Más de lo mismo. Más de lo mismo.
Más de lo mismo. Más de lo mismo. Más de lo mismo. Más de lo mismo. Más
de lo mismo. Más de lo mismo. Más de lo mismo. Más de lo mismo. Más de lo
mismo. Más de lo mismo. Más de lo mismo. Más de lo mismo. Más de lo mismo.
Más de lo mismo. Más de lo mismo. Más de lo mismo. Más de lo mismo. Más
de lo mismo. Más de lo mismo. Más de lo mismo. Más de lo mismo. Más de
lo mismo. Más de lo mismo. Más de lo mismo. Más de lo mismo. Más de lo
mismo. Más de lo mismo. Más de lo mismo. Más de lo mismo. Más de lo mis-
mo. Más de lo mismo. Más de lo mismo. Más de lo mismo. Más de lo mismo.
Más de lo mismo. Más de lo mismo. Más de lo mismo. Más de lo mismo. Más
de lo mismo. Más de lo mismo. Más de lo mismo. Más de lo mismo. Más de
lo mismo. Más de lo mismo. Más de lo mismo. Más de lo mismo. Más de lo
mismo. Más de lo mismo. Más de lo mismo. Más de lo mismo. Más de lo mis-
mo. Más de lo mismo. Más de lo mismo. Más de lo mismo. Más de lo mismo.
Más de lo mismo. Más de lo mismo. Más de lo mismo. Más de lo mismo. Más
de lo mismo. Más de lo mismo. Más de lo mismo. Más de lo mismo. Más de
lo mismo. Más de lo mismo.
Más de lo mismo. Más de lo mismo. Más de lo mismo. Más de lo mismo. Más
de lo mismo. Más de lo mismo. Más de lo mismo. Más de lo mismo. Más de
lo mismo. Más de lo mismo. Más de lo mismo. Más de lo mismo. Más de lo

mismo. Más de lo mismo.

Capítulo VI

Más de lo mismo. Más de lo mismo.

Más de lo mismo. Más de

lo mismo. Más de lo mismo. Más de lo mismo. Más de lo mismo. Más de lo
mismo. Más de lo mismo. Más de lo mismo. Más de lo mismo. Más de lo mis-
mo. Más de lo mismo. Más de lo mismo. Más de lo mismo. Más de lo mismo.
Más de lo mismo. Más de lo mismo. Más de lo mismo. Más de lo mismo. Más
de lo mismo. Más de lo mismo. Más de lo mismo. Más de lo mismo. Más de
lo mismo. Más de lo mismo. Más de lo mismo. Más de lo mismo. Más de lo
mismo. Más de lo mismo. Más de lo mismo. Más de lo mismo. Más de lo mis-
mo. Más de lo mismo. Más de lo mismo. Más de lo mismo. Más de lo mismo.
Más de lo mismo. Más de lo mismo. Más de lo mismo.

Más de lo mismo. Más de lo mismo. Más de lo mismo. Más de lo mismo. Más
de lo mismo. Más de lo mismo. Más de lo mismo. Más de lo mismo. Más de
lo mismo. Más de lo mismo. Más de lo mismo. Más de lo mismo. Más de lo
mismo. Más de lo mismo. Más de lo mismo. Más de lo mismo. Más de lo mis-
mo. Más de lo mismo. Más de lo mismo. Más de lo mismo. Más de lo mismo.
Más de lo mismo. Más de lo mismo. Más de lo mismo. Más de lo mismo. Más
de lo mismo. Más de lo mismo. Más de lo mismo. Más de lo mismo. Más de
lo mismo. Más de lo mismo. Más de lo mismo. Más de lo mismo. Más de lo
mismo. Más de lo mismo. Más de lo mismo. Más de lo mismo. Más de lo mis-
mo. Más de lo mismo. Más de lo mismo. Más de lo mismo. Más de lo mismo.
Más de lo mismo. Más de lo mismo. Más de lo mismo. Más de lo mismo. Más
de lo mismo. Más de lo mismo. Más de lo mismo.

Más de lo mismo. Más de lo mismo. Más de lo mismo. Más de lo mismo. Más
de lo mismo. Más de lo mismo. Más de lo mismo. Más de lo mismo. Más de
lo mismo. Más de lo mismo. Más de lo mismo. Más de lo mismo. Más de lo
mismo. Más de lo mismo. Más de lo mismo. Más de lo mismo. Más de lo mis-
mo. Más de lo mismo. Más de lo mismo. Más de lo mismo. Más de lo mismo.
Más de lo mismo. Más de lo mismo. Más de lo mismo. Más de lo mismo. Más
de lo mismo. Más de lo mismo. Más de lo mismo. Más de lo mismo. Más de
lo mismo. Más de lo mismo. Más de lo mismo. Más de lo mismo. Más de lo
mismo. Más de lo mismo. Más de lo mismo. Más de lo mismo. Más de lo mis-
mo. Más de lo mismo. Más de lo mismo. Más de lo mismo. Más de lo mismo.
Más de lo mismo. Más de lo mismo. Más de lo mismo. Más de lo mismo. Más
de lo mismo. Más de lo mismo. Más de lo mismo. Más de lo mismo. Más de
lo mismo. Más de lo mismo. Más de lo mismo. Más de lo mismo. Más de lo
mismo. Más de lo mismo. Más de lo mismo. Más de lo mismo. Más de lo
mismo. Más de lo mismo. Más de lo mismo.

Más de lo mismo. Más de lo mismo. Más de lo mismo. Más de lo mismo. Más
de lo mismo. Más de lo mismo. Más de lo mismo. Más de lo mismo. Más de
lo mismo. Más de lo mismo. Más de lo mismo. Más de lo mismo. Más de lo

mismo. Más de lo mismo.

Más de lo mismo. Más de lo mismo.

Más de lo mismo. Más de lo mismo.

Más de lo mismo. Más de lo mismo. Más de lo mismo. Más de lo mismo. Más de lo mismo. Más de lo mismo. Más de lo mismo. Más de lo mismo. Más de lo mismo. Más de lo mismo. Más de lo mismo. Más de lo mismo. Más de lo mismo. Más de lo mismo. Más de lo mismo. Más de lo mismo. Más de lo mismo. Más de lo mismo. Más de lo mismo. Más de lo mismo.

Más de lo mismo. Más de lo mismo.

Más de lo mismo. Más

de lo mismo. Más de lo mismo.

Más de lo mismo. Más de lo mismo.

Más de lo mismo. Más de lo mis-

mo. Más de lo mismo.

Más de lo mismo. Más de lo mismo. Más de lo mismo. Más de lo mismo. Más de lo mismo. Más de lo mismo. Más de lo mismo. Más de lo mismo. Más de lo mismo. Más de lo mismo. Más de lo mismo. Más de lo mismo.

Más de lo mismo. Más de lo mismo.

Más de lo mismo. Más de

lo mismo. Más de lo mismo. Más de lo mismo. Más de lo mismo. Más de lo mismo. Más de lo mismo. Más de lo mismo. Más de lo mismo.
Más de lo mismo. Más de lo mismo.
Más de lo mismo. Más de lo mismo.
Más de lo mismo. Más de lo mismo.
Más de lo mismo. Más

de lo mismo. Más de lo mismo.

Más de lo mismo. Más de lo mismo.

Más de lo mismo. Más de lo mismo.

Más de lo mismo. Más de lo

mismo. Más de lo mismo.

Más de lo mismo. Más de lo mismo.

Más de lo mismo. Más de lo mismo.

Más de lo mismo. Más de lo mismo. Más de lo mismo. Más de lo mismo. Más de lo mismo. Más de lo mismo. Más de lo mismo. Más de lo mismo. Más de

lo mismo. Más de lo mismo.

Más de lo mismo. Más de lo mismo.

Más de lo mismo. Más de lo mismo. Más de lo mismo. Más de lo mismo. Más de lo mismo. Más de lo mismo. Más de lo mismo. Más de lo mismo. Más de lo mismo. Más de lo mismo. Más de lo mismo. Más de lo mismo. Más de lo mismo. Más de lo mismo. Más de lo mismo. Más de lo mismo. Más de lo mismo. Más de lo mismo. Más de lo mismo. Más de lo mismo.

Más de lo mismo. Más de lo mismo. Más de lo mismo. Más de lo mismo. Más de lo mismo. Más de lo mismo. Más de lo mismo. Más de lo mismo. Más de

lo mismo. Más de lo mismo.

Más de lo mismo. Más de lo mismo.

Más de lo mismo. Más de lo mismo.

Más de lo mismo. Más de lo mismo.

Más de lo mismo. Más de lo mismo.

Más de lo mismo. Más

de lo mismo. Más de lo mismo. Más de lo mismo. Más de lo mismo. Más de lo mismo. Más de lo mismo. Más de lo mismo. Más de lo mismo.

Más de lo mismo. Más de lo mismo.

Más de lo mismo. Más de lo mismo. Más de lo mismo. Más de lo mismo. Más de lo mismo. Más de lo mismo. Más de lo mismo. Más de lo mismo. Más de lo mismo. Más de lo mismo. Más de lo mismo. Más de lo mismo. Más de lo mismo. Más de lo mismo. Más de lo mismo. Más de lo mismo. Más de lo mismo. Más de lo mismo.

Más de lo mismo. Más de lo mismo.

Más de lo mismo. Más de lo mismo. Más de lo mismo. Más de lo mismo. Más de lo mismo. Más de lo mismo. Más de lo mismo. Más de lo mismo. Más de lo mismo. Más de lo mismo. Más de lo mismo. Más de lo mismo. Más de lo mismo. Más de lo mismo. Más de lo mismo. Más de lo mismo. Más de lo mismo. Más de lo mismo. Más de lo mismo.

Más de lo mismo. Más de lo mismo. Más de lo mismo. Más de lo mismo. Más de lo mismo. Más de lo mismo. Más de lo mismo. Más de lo mismo. Más de lo mismo. Más de lo mismo. Más de lo mismo. Más de lo mismo. Más de lo mismo. Más de lo mismo.

Más de lo mismo. Más de lo mismo.

Más de lo mismo. Más de lo mismo.

Más de lo mismo. Más de lo mismo. Más de lo mismo. Más de lo mismo. Más de lo mismo. Más de lo mismo. Más de lo mismo. Más de lo mismo. Más de lo mismo. Más de lo mismo. Más de lo mismo. Más de lo mismo. Más de lo mismo. Más de lo mismo. Más de lo mismo. Más de lo mismo. Más de lo mismo. Más de lo mismo.

Más de lo mismo. Más de lo mismo.

Más de lo mismo. Más de lo mismo. Más de lo mismo. Más de lo mismo. Más de lo mismo. Más de lo mismo. Más de lo mismo. Más de lo mismo. Más de lo mismo. Más de lo mismo. Más de lo mismo. Más de lo

mismo. Más de lo mismo. Más de lo mismo. Más de lo mismo. Más de lo mismo. Más de lo mismo. Más de lo mismo. Más de lo mismo. Más de lo mismo. Más de lo mismo.

Más de lo mismo. Más de lo mismo.

Más de lo mismo. Más de lo mismo.

Más de lo mismo. Más de lo mismo.

Más de lo mismo. Más de lo mis-

mo. Más de lo mismo.

Más de lo mismo. Más de lo mismo.

Capítulo VII

Más de lo mismo. Más de lo mismo.

Más de lo mismo. Más de lo

mismo. Más de lo mismo.

Más de lo mismo. Más de lo mismo.

Más de lo mismo. Más de lo mismo.

Más de lo mismo. Más de lo mismo.

Más de lo mismo. Más de lo mismo. Más de lo mismo. Más de lo mismo. Más de lo mismo. Más de lo mismo. Más de lo mismo. Más de lo mismo. Más de lo mismo. Más de lo mismo. Más de lo mismo. Más de lo mismo. Más de lo mismo. Más de lo mismo. Más de lo mismo. Más de lo mismo. Más de lo mismo.

Más de lo mismo. Más de lo mismo.

Más de lo mismo. Más de lo mismo. Más de lo mismo. Más de lo mismo. Más de lo mismo. Más de lo mismo. Más de lo mismo. Más de lo mismo. Más de lo mismo. Más de lo mismo. Más de lo mismo. Más de lo mismo. Más de lo mismo. Más de lo mismo. Más de lo mismo. Más de lo mismo. Más de lo mismo. Más de lo mismo. Más de lo mismo.

Más de lo mismo. Más de lo mismo.

Más de lo mismo. Más de lo mismo.

Más de lo mismo. Más de lo mismo.

Más de lo mismo. Más

de lo mismo. Más de lo mismo.

Más de lo mismo. Más de lo mismo.

Más de lo mismo. Más de lo mis-

mo. Más de lo mismo.

Más de lo mismo. Más de lo mismo.